PONIS AMIGOS

PAT JACOBS

Traducción de Santiago Ochoa

Crabtree Publishing
crabtreebooks.com

Crabtree Publishing

crabtreebooks.com 800-387-7650
Published by Crabtree Publishing Company in 2021

Author: Pat Jacobs
Editorial director: Kathy Middleton
Editor: Elizabeth Brent
Translation to Spanish: Santiago Ochoa
Edition in Spanish: Base Tres
Cover and interior design: Dynamo
Production coordinator & Prepress technician: Tammy McGarr
Print coordinator: Katherine Berti

Hardcover 978-0-7787-8462-3
Paperback 978-0-7787-8472-2
Ebook (pdf) 978-1-4271-2672-6

Library and Archives Canada Cataloguing in Publication

Title: Ponis amigos / Pat Jacobs ; traducción de Santiago Ochoa.
Other titles: Pony pals. Spanish
Names: Jacobs, Pat, author. | Ochoa, Santiago, translator.
Description: Series statement: Mascotas amigas | Translation of: Pony pals. | Includes bibliographical references and index. | Text in Spanish.
Identifiers: Canadiana (print) 20200293524 | Canadiana (ebook) 20200293532 | ISBN 9780778784623 (hardcover) | ISBN 9780778784722 (softcover) | ISBN 9781427126726 (HTML)
Subjects: LCSH: Ponies—Juvenile literature. | LCSH: Ponies—Behavior—Juvenile literature.
Classification: LCC SF315 .J3318 2021 | DDC j636.1/6—dc23

Published in Canada
Crabtree Publishing
616 Welland Avenue
St. Catharines, Ontario
L2M 5V6

Published in the United States
Crabtree Publishing
347 Fifth Avenue
Suite 1402-145
New York, NY 10016

Photographs
Alamy: p. 16–17 (top center), 24 (top right)
iStockphoto: p. 19 (top), 21 (bottom right), 25 (top)
Shutterstock: p. 2–3 (center and bottom), 6 (bottom and center right), 8 (top), 11 (bottom right), 12 (top right), 13 (center and bottom left), 16–17 (top), 18 (top right), 19 (center and bottom), 25 (center), 27 (treats, apple, and horse), 29, 31
All other images courtesy of Getty Images iStock

Printed in Canada/102023/CP20231016

Library of Congress Cataloging-in-Publication Data

Names: Jacobs, Pat, author. | Ochoa, Santiago, translator.
Title: Ponis amigos / Pat Jacobs ; traducción de Santiago Ochoa.
Other titles: Pony pals. Spanish
Description: New York : Crabtree Publishing Company, 2021. | Series: Mascotas amigas | Includes index.
Identifiers: LCCN 2020031849 (print) | LCCN 2020031850 (ebook) | ISBN 9780778784623 (hardcover) | ISBN 9780778784722 (paperback) | ISBN 9781427126726 (ebook)
Subjects: LCSH: Ponies--Juvenile literature. | Pets--Juvenile literature.
Classification: LCC SF315 .J3318 2021 (print) | LCC SF315 (ebook) | DDC 636.1/6--dc23

ÍNDICE

TU PONI: DE LA CABEZA A LA COLA

Un poni es un caballo pequeño. Son fuertes, inteligentes y no son muy difíciles de cuidar. ¡Los ponis son unas mascotas familiares maravillosas!

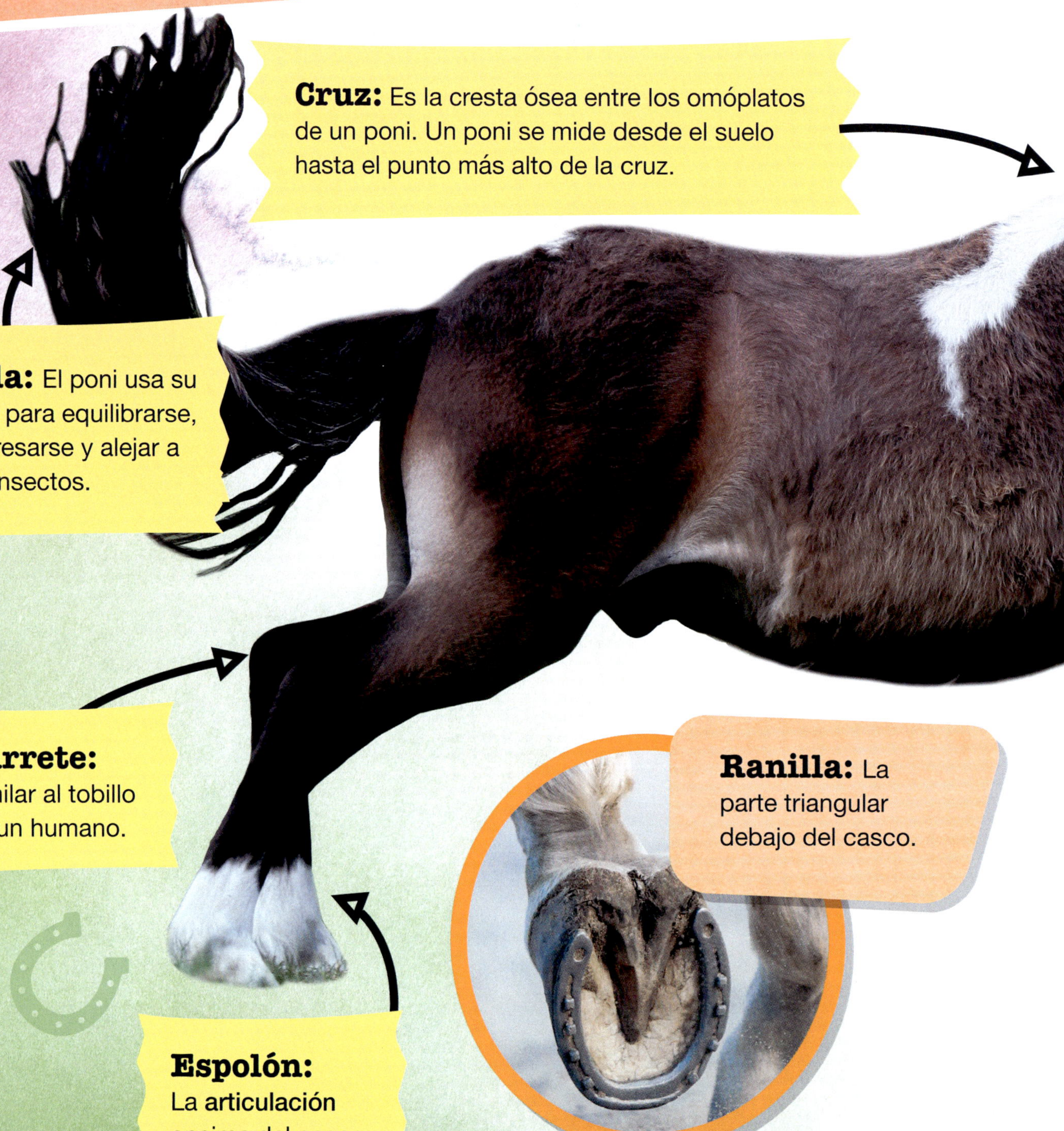

Cruz: Es la cresta ósea entre los omóplatos de un poni. Un poni se mide desde el suelo hasta el punto más alto de la cruz.

Cola: El poni usa su cola para equilibrarse, expresarse y alejar a los insectos.

Jarrete: Similar al tobillo de un humano.

Espolón: La articulación encima del casco.

Ranilla: La parte triangular debajo del casco.

Orejas: Los ponis pueden girar sus orejas y captar sonidos a su alrededor. El área sensible detrás de las orejas se llama testuz.

Crin: El pelo grueso que crece desde la parte superior del cuello del poni hasta la cruz. La crin le ayuda al poni a mantener la temperatura, escurre el agua cuando llueve y le ofrece cierta protección contra los insectos.

Ojos: Los ojos de un poni están a ambos lados de su cabeza. Esto crea un punto ciego directamente delante y detrás del poni.

Hocico: Esta zona es muy sensible. Incluye la boca, la barbilla, los labios y la nariz.

Cañón: La parte de la pata entre el jarrete y el espolón.

DATOS SOBRE EL PONI

La unidad de medida de un poni se llama mano. Originalmente, una mano se refería al ancho de la mano de una persona. Hoy en día, una mano tiene 4 pulgadas (10.2 cm) de ancho. Un poni mide menos de 58 pulgadas (147 cm) de alto. Esto equivale a 14.2 manos, que se lee como 14 manos y 2 pulgadas (5 cm).

RAZAS TRADICIONALES DE PONIS

Los ponis suelen tener cuerpos robustos, huesos fuertes, pezuñas duras y patas cortas. Les crece un grueso pelaje de invierno que les permite vivir al aire libre durante todo el año.

Los ponis **Dales** son conocidos por su inteligencia, fuerza y coraje. Los ponis Dales son tranquilos y amables. Tienen pezuñas grandes y resistentes, y patas fuertes y peludas. Su paso es estable, lo que significa que pueden moverse fácilmente y con seguridad sobre terreno irregular.

Los ponis **Dartmoor** son fuertes, confiables y **resistentes**. Pueden alcanzar las 12.2 manos de altura y suelen ser color bayo, marrón o negro (ve las descripciones de colores en la página 7). Son dulces y amables, lo que los convierte en ponis excelentes para los niños.

El **poni de las Américas** es una **raza** que alcanza las 14 manos de altura y es conocido por su pelaje moteado y su personalidad dulce. Estos ponis son confiables, tranquilos, pacientes y de paso estable, lo que los hace perfectos para cualquier jinete principiante.

Los ponis **Fell** tienen patas pesadas y peludas con pezuñas fuertes que no suelen necesitar herraduras. Estos inteligentes animales son buenos ponis familiares, pero pueden ser tercos. Su paso es seguro y son especialmente adecuados para conducir carruajes.

Los ponis **galeses** tienen una personalidad amable y amistosa, lo que los convierte en mascotas populares para los niños. Son fáciles de entrenar y son buenos para conducir carruajes. Los ponis galeses son inteligentes, resistentes y de paso seguro.

COLORES DEL PELAJE

El pelaje de los ponis viene en varios colores. Estos son algunos:

Bayo: cuerpo marrón intenso con patas, crin y cola negras.

Castaño: marrón rojizo sin puntos negros.

Pardo: cuerpo color arena con patas, crin y cola negras.

Ruano: una mezcla pareja entre pelo blanco y el color básico del cuerpo de un poni, como el ruano bayo.

Gris: los ponis grises tienen la piel negra con pelo blanco o gris, y parecen grises o blanquecinos. Los caballos blancos puros tienen la piel rosada y son muy escasos.

Los ponis **Connemara** son inteligentes y dispuestos. Les encanta saltar, y son buenos para todo, desde tirar carruajes hasta para la **doma**. Estos ponis gentiles y bondadosos son fáciles de cuidar, y tienen una altura de hasta 14.2 manos. Son geniales tanto para jinetes niños como adultos.

Los ponis **Hackney** son de tamaño medio, con hombros anchos, lomos suaves y colas altas. Son fáciles de mantener y tienen personalidades adorables. Son perfectos para tirar carruajes, pero también son buenos compañeros y ponis de paseo.

Los ponis **Shetland** solo alcanzan una altura de 10.2 manos. Pueden sobrevivir a condiciones duras, pero también pueden tener sobrepeso con facilidad. Estos pequeños ponis son inteligentes y astutos. Un Shetland aburrido hará todo tipo de travesuras, por lo que necesitan mantenerse ocupados.

ENCUENTRA A TU PONI PERFECTO

Comprar un poni es emocionante, pero es fácil enamorarse del equivocado, lo que puede hacer que montar sea inseguro y menos divertido. Al igual que los humanos, los ponis son individuos, así que tómate tu tiempo para encontrar a tu socio ideal.

ELIGE UN PONI EXPERIMENTADO

Un poni joven e inexperto puede ser más barato de comprar, pero tomará tiempo entrenarlo y no hay garantía de que sea seguro y confiable. Es mejor elegir uno que tenga al menos cinco años y que haya sido bien entrenado, así podrás empezar a montarlo inmediatamente. Los ponis pueden ser montados hasta los veinte años, ¡así que tendrás muchos años de diversión por delante!

EL TAMAÑO IMPORTA

Al elegir un poni, deberías ser capaz de montarlo desde el suelo. Cuando estés sentado, tus pies no deben estar mucho más bajos que el vientre del poni. Los ponis no deben cargar más del 20 por ciento de su peso corporal, incluyendo los **arreos**. Es tentador comprar un poni más grande si estás creciendo, pero puede ser difícil de controlar y es un largo camino hacia abajo si te caes.

GRANDES CONSEJOS PARA COMPRADORES DE PONIS

Los ponis son caros, y uno inadecuado podría ser inseguro, así que debes elegirlo con cuidado. Estos son algunos consejos que te ayudarán a hacer una gran elección:

- Lleva contigo a alguien que tenga mucha experiencia con caballos y ponis, y pídele consejo.
- Elige un poni que se ajuste a tus habilidades y estado físico. Tu instructor de equitación puede aconsejarte sobre la mejor raza de poni para ti.
- Manipula el poni por tu cuenta y haz todas las actividades diarias, como atraparlo, conducirlo, cepillarlo y ensillarlo.
- Observa al dueño del poni montarlo antes de que lo pruebes. Pide pasar un tiempo a solas con tu posible nuevo amigo.
- Pregunta por la historia del poni. Si ha cambiado de dueño muchas veces podría indicar un problema de salud o de comportamiento. Comprueba que sus **vacunas** estén al día.
- Si estás seriamente interesado en comprar un poni, pide a un veterinario que lo examine. Puede ser difícil conseguir un **seguro** sin un informe veterinario previo a la compra.

COMPRADO O PRESTADO

Puedes pedir prestado un poni a un propietario privado o a una organización benéfica de caballos. Los costos de mantenimiento y las responsabilidades serán los mismos, pero un poni prestado por una organización benéfica estará bien entrenado y habrá sido examinado por un veterinario. ¡También podrán ofrecerte apoyo y consejos!

CHEQUEO DE SALUD

- Un poni debe tener una actitud curiosa y estar alerta.
- Su pelaje debe ser brillante y suave.
- Los ojos deben ser claros y brillantes.
- Sus orejas deben ser puntiagudas, sostenidas hacia adelante o a los lados, o moviéndose hacia atrás y adelante.
- La nariz debe estar limpia y la respiración del poni debe ser regular y constante.
- El poni debe poder caminar cómodamente y de manera uniforme sobre sus cuatro patas.

UN LUGAR PARA VIVIR

Debes tener todo listo para recibir a tu poni en su nuevo hogar, así harás que la mudanza sea lo más fácil posible. Si nunca has cuidado un poni antes, será una buena idea inscribirte en un curso de cuidado de caballos.

ESTABLO

Los ponis nacieron para vivir al aire libre. Les crecen gruesos pelajes de invierno a prueba de agua, y a medida que **digieren** la comida, sus cuerpos producen calor. Aunque a los ponis les encanta estar al aire libre, sigue siendo una buena idea ponerlos en un establo por la noche o durante el mal tiempo. Los ponis también necesitan estar adentro si están enfermos, así será más fácil cuidarlos. Los establos deben estar bien **ventilados**, y asegúrate de que todos los cerrojos de las puertas tengan seguro porque algunos ponis inteligentes aprenderán a abrirlos.

PREPARACIÓN DEL POTRERO

Para que un **potrero** tenga el tamaño apropiado, tu poni debe tener 4,500 pies cuadrados (418 metros cuadrados) de área para **pastar**. Retira del potrero las cosas que puedan lastimar a tu poni, como alambres, vidrios, ladrillos, piedras o plantas venenosas. Rellena o tapa cualquier hoyo en el suelo. Los ponis toman entre cinco a diez galones (19 a 38 litros) de agua al día, por lo que podría necesitar un tanque de agua especialmente diseñado para caballos o ponis.

INTERNADO

Si en casa no tienes espacio para un poni, puedes mantenerlo en un establo de internado, que es un establo alquilado. Internar a un poni significa que tendrá algunos compañeros, y también podrás obtener ayuda y consejos del personal y de otros propietarios de ponis. Hay diferentes niveles de internado dependiendo de cuánto estés dispuesto a pagar y de los cuidados de tu poni que quieras hacer tú mismo.

CHEQUEO DE INTERNADO

- El internado de auto cuidado incluye sacarlo a pastar y el uso de un refugio o establo. El propietario es el responsable de todo el cuidado del poni.
- El internado parcial o asistido incluye alguna ayuda del personal, como la alimentación, las salidas y limpiar el **estiércol** del poni.
- El internado completo es costoso. Normalmente incluye cama y comida, y el personal del establo es responsable de todo el cuidado del poni, incluyendo el ejercicio.

LA MASCOTA HABLA

Soy una criatura social y no me gusta vivir sola, así que por favor asegúrate de que tenga al menos un amigo poni.

PREPARA A TU PONI Y SU CAMA

Consigue un poco de material para que tu amigo poni tenga una cama suave y caliente cuando llegue. Este es también el momento de conseguir todo el equipo que necesitarás para montar y cuidar a tu nuevo amigo.

UNA CAMA CÓMODA

Los ponis pueden dormir de pie, pero a veces les gusta acostarse, así que necesitan una cama blanda para proteger sus articulaciones. La elección de la mejor cama para el establo dependerá de tu espacio de almacenamiento y de si tu poni es sensible al polvo o tiene alergias.

La **paja** es barata, pero es difícil de almacenar y ocupa mucho espacio. Algunos ponis son alérgicos a ella, mientras que a otros les gusta comerla. También es un buen **compostaje** para el jardín.

Las **virutas de madera** son fáciles de almacenar y los ponis no las comerán. Los desechos y las virutas húmedas deben removerse con rapidez para evitar la acumulación de **amoníaco**. Las virutas tardan más en pudrirse que la paja, pero las marcas baratas contienen mucho polvo.

El **papel triturado** es útil para los ponis que tienen alergias, pero se necesita una gran cantidad para obtener una buena cama. Se dispersa fácilmente, lo que puede desordenar el área alrededor del establo.

Las **bolitas de madera** son **ecológicas**, no tienen polvo y son muy absorbentes. Las partes húmedas son fáciles de detectar y se pueden remover con rapidez y en poco tiempo se convierten en abono. Las bolitas necesitan remojarse en agua antes de usarse, lo que lleva un tiempo extra.

Las **alfombras de hule** no tienen polvo y son fáciles de limpiar con una manguera. Son caras, pero no tienen costos adicionales. Puede ser necesaria una capa extra en un establo que tenga corrientes de aire. El establo necesita un buen drenaje y, sin una cama, tu poni podría ensuciarse.

EQUIPO ESENCIAL

Puedes ahorrar dinero si compras equipo de segunda mano, pero asegúrate de que esté muy limpio antes de usarlo. Las sillas de montar de segunda mano deben ser revisadas por un talabartero para asegurarse de que se ajusten correctamente. Algunos vendedores incluyen una silla de montar y un arreo para ponis.

CHEQUEO DE EQUIPO

- Una silla de montar bien ajustada.
- Una brida y un freno.
- Un kit de aseo.
- Baldes para agua y comida.
- Equipo de limpieza.
- Un kit de primeros auxilios, incluyendo vendas, almohadillas de algodón y antiséptico.
- Repelente de insectos.

ROPA DE MONTAR

Un casco de montar bien ajustado te protegerá de lesiones graves. Asegúrate de que cumpla con las normas de seguridad actuales, es mejor comprarlo en una tienda con un montador profesional. Tus botas deben tener suelas lisas y un tacón pequeño para que tu pie no resbale en los estribos. Deben ser resistentes para proteger tu pie por si tu poni llega a pisarte. También es una buena idea usar guantes para proteger tus manos y tener un buen agarre de las riendas.

¡BIENVENIDO A CASA!

Mudarse a un nuevo hogar puede ser muy estresante para un poni. Tiene que acostumbrarse a nuevos compañeros, a un establo diferente y a un nuevo potrero. Intenta averiguar todo lo que puedas sobre la rutina de tu nuevo amigo para así poder introducir los cambios poco a poco.

UNA NUEVA DIETA

Al principio, alimenta a tu poni con la misma comida que acostumbraba comer. Si es posible, toma un poco de heno de su antiguo hogar y añade gradualmente el tuyo para reducir el riesgo de cólicos (ve la página 23). Si vas a sacar a tu poni, limita la salida a unas pocas horas y luego ve aumentando el tiempo lentamente. Asegúrate de que tu poni tome suficiente agua. Es posible que deba acostumbrarse al sabor del agua, así que trata de agregar un poco de azúcar o melaza.

CUARENTENA PARA EL RECIÉN LLEGADO

Si tienes otros caballos o ponis, deja que vean al nuevo poni desde la distancia al principio. Es importante poner en cuarentena a tu nuevo poni durante al menos dos semanas para evitar la propagación de enfermedades o infecciones. Utiliza baldes diferentes para la comida y el agua, así como equipos de aseo y limpieza. Si tienes varios caballos o ponis, cámbiate de ropa y limpia tus botas cuando te muevas entre ellos durante las primeras semanas.

CAMA

Averigua a qué tipo de cama está acostumbrado tu poni e intenta proporcionarle esa misma durante las dos primeras semanas. Otro material de cama podría afectar el sistema respiratorio del poni, provocando tos y secreción nasal. Algunas personas recomiendan llevar un poco de material de la vieja cama del poni a su nuevo hogar, para que así el aroma le resulte familiar.

EXÁMENES DE SALUD

Registra a tu nuevo poni con un veterinario y un **herrador** tan pronto como sea posible por si surge algún problema. Intenta evitar el estrés de los tratamientos dentales, las vacunas y el **herraje** mientras tu poni se acostumbra a su nuevo hogar. Es normal que su comportamiento cambie luego de mudarse, pero si muestra señales de tos, temperatura alta o pérdida del apetito, llama al veterinario de inmediato. Una vez que tu poni se haya instalado, hazlo examinar por si tiene lombrices.

LA MASCOTA HABLA

Cepillarme es una buena manera de hacerte amigo mío.

ALIMENTANDO A TU NUEVO AMIGO

Los ponis necesitan comer frecuentemente en pequeñas cantidades, así que es mejor darles cuatro comidas pequeñas que dos grandes. Pueden ser criaturas golosas, pero comer mucha comida pesada puede causar serios problemas de salud.

VIGILANDO EL PESO

La comida natural de un poni es la hierba. En la naturaleza, los ponis aumentan de peso durante el verano, cuando la hierba es abundante, y pierden peso durante el invierno, cuando hay menos hierba. La comida que hoy en día damos a los ponis es mucho más pesada que el pasto áspero que comerían naturalmente, y puesto que a menudo están en un establo y se mantienen calientes durante el invierno, no logran quemar la grasa extra. Si tu poni tiene sobrepeso, dale menos comida en invierno y más tiempo al aire libre para quemar energías y mantenerse caliente.

LA MEJOR DIETA

Los ponis tienen estómagos pequeños y largos sistemas digestivos que descomponen las plantas duras. Necesitan comida voluminosa como el pasto para mantener la comida en movimiento a través de sus intestinos, pues la comida podría atascarse, causando cólicos. Aunque la hierba y el heno deben ser la parte principal de su dieta, si un poni hace ejercicio, regularmente necesitará pequeñas cantidades de alimentos especiales como cereales o remolacha azucarera. El sistema digestivo de un poni está lleno de **bacterias** amigables que descomponen las plantas, así que cambia su alimentación siempre gradualmente para dar a su sistema la oportunidad de adaptarse.

CÓMO ALIMENTARLO

Esparcir la comida en el suelo permite a un poni comer de forma natural, pero es un desperdicio y podría comer tierra con el alimento, así que es mejor poner la comida en un balde. El heno puede dejarse en una pila en el suelo, y aunque quedarán algunos residuos, es más seguro que usar una red de heno porque los ponis pueden quedar atrapados en la red.

PLANTAS VENENOSAS

Algunas plantas comunes pueden ser muy peligrosas para los ponis. Aprende a reconocerlas, a eliminarlas o a rodearlas con una cerca. Algunas de estas hierbas son: hierba de Santiago, el rododendro, la dedalera, el tejo, la alheña, el laurel, el helecho, el ranúnculo (inofensivo en el heno), el lirio del valle, la belladona, el laburno, la hierba de San Juan, el sicomoro y el roble (hojas y bellotas).

LA MASCOTA HABLA

Me encantan los premios como las zanahorias y las manzanas, pero por favor córtalas a lo largo y quítale el corazón a las manzanas, pues se pueden atorar en mi garganta.

CUIDADO DIARIO

Cuidar un poni es un trabajo duro, y probablemente pases más tiempo arreglándolo y limpiando que montándolo. ¿Estás preparado para el reto?

CUIDADO DEL PONI

Tareas diarias:

- Limpiar el estiércol.
- Cepillar al poni.
- Ejercitarlo.
- Alimentarlo.
- Rellenar los bebederos.
- Limpiar los cascos.
- Revisar que no haya señales de enfermedad o lesión.

Tareas semanales:

- Retirar los restos de pastura .
- Revisar los potreros en busca de peligros.
- Tallar los recipientes del agua y la comida.

CALENDARIO PARA LOS CUIDADOS DEL PONI

Esta es una lista de trabajos que son esenciales para mantener a tu poni en forma y saludable, tienen que hacerse en todo tipo de climas. Tu poni también necesitará visitas regulares del herrador para recortar sus cascos y volver a herrarlos, y del veterinario para desparasitarlo, para el cuidado dental y para aplicar las vacunas.

LIMPIEZA

Los establos necesitan limpiarse al menos una vez al día. Para este trabajo necesitarás un tenedor para el heno, guantes de hule, una pala, una escoba y una carretilla. Arroja los desechos y las partes sucias de la cama a la carretilla, barre el piso y deja que se airee durante el mayor tiempo posible. Luego agrega material limpio a la cama y amontónalo. Si no puedes sacar al poni, llévalo a un lado del establo, limpia la mitad y luego la otra. ¡Mantén las herramientas lejos de las patas de tu poni!

CUIDADO DE LAS PATAS

Deberías revisar las patas de tu poni todos los días y retirar cualquier suciedad o piedras con un punzón para cascos (ve a la derecha). Trabaja siempre hacia la punta para no lastimar a tu poni si el pico resbala. Los ponis que caminan por carreteras o en suelo duro probablemente necesiten **herraduras** para proteger sus cascos. Los cascos deben ser recortados por un herrador. Cada seis semanas para los ponis con herraduras y cada diez semanas para los ponis sin herraduras.

CEPILLADO

El cepillado mantiene limpio y saludable el pelaje y la piel de tu poni. También fortalece el vínculo entre ustedes y es una oportunidad para ver si tiene lesiones. Usa un **peine de curry** en pequeños movimientos circulares en dirección opuesta al crecimiento del pelo para aflojar la suciedad. Quita la suciedad y el pelo suelto con un **cepillo estilo dandy**, y luego usa un cepillo suave para el cuerpo para retirar cualquier residuo en el pelaje. Limpia la cara de tu poni con una esponja o paño, y usa otra para la cola. Nunca compartas cepillos y paños entre los ponis porque esto puede propagar infecciones. Finalmente, desenreda la cola y la crin con tus dedos, y luego cepíllalas o péinalas.

LA MASCOTA HABLA

A veces, cuando me estás cepillando, puedes tocar una zona muy sensible y podría patear, así que por favor, párate a mi lado y nunca detrás de mis patas traseras.

COMPORTAMIENTO DEL PONI

Los ponis se comunican entre ellos usando lenguaje corporal. Al dar señales a otros miembros de la **manada**, pueden establecer su posición dentro del grupo sin pelear.

TÚ ERES EL JEFE

Los ponis salvajes viven en manadas dirigidas por un líder que decide la posición de todos los miembros del grupo. Los ponis de compañía también necesitan un líder y, como los ponis son animales grandes y fuertes, es importante que el líder sea su dueño.

PONIS REBELDES

Los ponis que desafían tu autoridad te molestarán y empujarán. Tratarán de adelantarse cuando los guíes, te pellizcarán, morderán, patearán o pisarán tus pies. La mejor manera de mostrarle a un poni que tú eres el jefe es ganándote su respeto, lo que significa que debes ser amable pero firme. Los ponis pueden sentir el miedo, la duda y la ira, así que actúa siempre con calma y confianza, y si un poni intenta ocupar tu espacio, empújalo hacia atrás.

LA MASCOTA HABLA

Si vienes directamente hacia mí, y me miras a los ojos, probablemente correré en la dirección opuesta porque esto significa «vete» en el lenguaje de los ponis.

OÍDOS EXPRESIVOS

Los ponis tienen un oído muy sensible y sus orejas dan una pista sobre lo que están pensando:

- Las orejas erguidas y hacia adelante significan que un poni está feliz e interesado en algo.
- Las orejas bajadas a los lados normalmente significan que un poni está relajado.
- Mover las orejas señala que un poni está prestando atención.
- Las orejas pegadas al cuello son una señal de advertencia de que el poni está molesto o infeliz, y que debes tener cuidado.

ESCAPANDO

Los ponis siempre están atentos de los **depredadores** y listos para huir si algo los asusta. Tienen un agudo sentido del olfato y del oído, así que si reaccionan de repente, podrían haber oído un ruido que no escuchaste. Las orejas erguidas, los ojos muy abiertos, las fosas nasales ensanchadas y la cabeza levantada son advertencias de que un poni puede huir. Si eres un jinete nervioso, tu poni lo percibirá y se pondrá nervioso también. Puedes tomar lecciones para ganar confianza.

PROBLEMAS DE SALUD DE LOS PONIS

Los ponis no se quejan cuando tienen dolor, así que debes estar atento a cualquier cambio en tu amigo que pueda señalar que no está bien. Conoce el ritmo cardíaco, la temperatura y la frecuencia respiratoria normales de tu poni para que puedas detectar si algo está mal.

LAMINITIS

La laminitis es una condición dolorosa que afecta los cascos de los ponis. Comienza con una **cojera** leve y puede llegar a ser tan grave que el hueso de la pata traspasa la planta y hay que dormir al poni. Puede ser causada por una lesión anterior, por estrés, por una infección o por haber trabajado demasiado tiempo en una superficie dura. El sobrepeso o una dieta con mucho azúcar también pueden causar esta enfermedad. Para evitar esto, asegúrate de no sobrealimentar a tu poni, y limita cuánto pasta en la nueva y dulce hierba de primavera. El tratamiento debe hacerse tan pronto como sea posible, así que contacta a tu veterinario de inmediato si tu poni muestra señales de cojera.

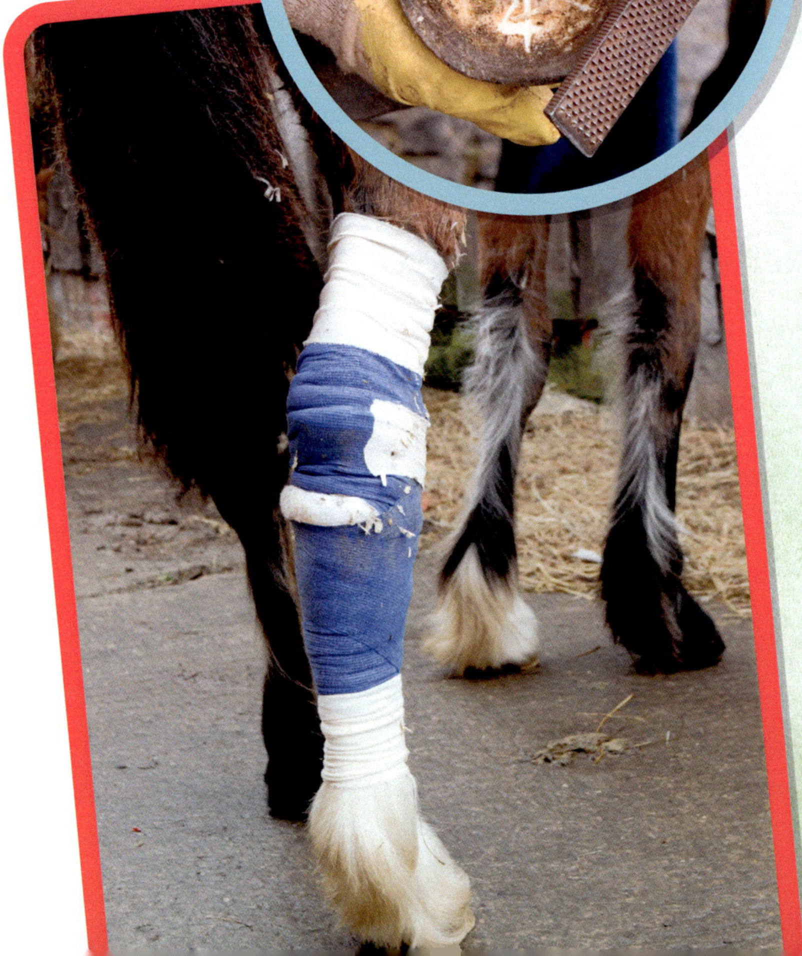

CÓLICOS

Cólico significa dolor de estómago, y es común entre los ponis. Los ponis salvajes comen alimentos de baja energía durante el día. Los ponis de compañía a menudo solo tienen dos porciones de comidas fuertes al día, y sus tripas no se han adaptado al cambio. Otras causas pueden ser los problemas dentales, las lombrices, el estrés o un cambio de dieta. Las señales de cólico incluyen: rodar en el suelo, acostarse durante largos períodos, mirarse o patearse el estómago, torcer el labio superior, sudoración e inquietud. Llama al veterinario si crees que tu poni tiene cólicos.

GURMA

La gurma es una infección común de la nariz y la garganta que se propaga fácilmente. Un poni con gurma tendrá temperatura alta, pérdida de apetito, pus amarillo que sale por la nariz, y pueden aparecer **abscesos** a los lados de la garganta y la cabeza. Los ponis pueden recuperarse después de unas semanas de cuidados apropiados.

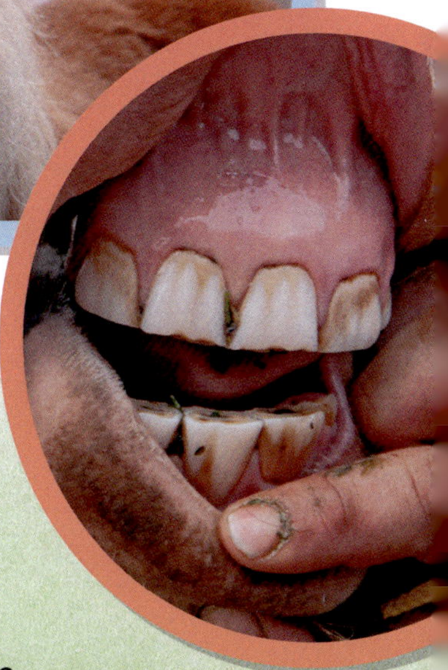

PROBLEMAS DENTALES

Un poni que tiene mal aliento, deja caer comida a medio masticar, babea, come lentamente o pierde peso, puede tener problemas dentales. Asegúrate de que tu poni tenga revisiones dentales regularmente, para que cualquier problema pueda tratarse antes de convertirse en algo serio.

Estiércol de poni infectado con lombrices.

De vez en cuando dale a tu poni puré de manzana con una jeringa grande, para que así cuando necesite un tratamiento contra los gusanos, no le asusten las jeringas.

LOMBRICES

Los ponis pueden tragar huevos de gusanos mientras pastan, y estos se convierten en lombrices en el intestino. Las lombrices ponen millones de huevos que terminan en los excrementos del poni, listos para ser tragados por otro poni. Los ponis tienen lombrices rojas grandes y pequeñas, lombrices redondas, nematodos, lombrices intestinales, oxiuros, tenias, vermes pulmonares y gasterophilus. Las lombrices se están volviendo resistentes a los medicamentos, por lo que se deben analizar los desechos para comprobar el número de huevos antes de administrar la medicación. Retirar los desechos de los corrales con frecuencia ayuda a reducir la cantidad de huevos que come tu poni.

ENTRENAMIENTO

Tu poni necesita aprender buenos modales antes de que empieces a montarlo. Esto puede tomar tiempo y paciencia, pero montar un poni que no te respete es muy peligroso.

MODALES

Un poni con buenos modales se mantendrá fuera de tu espacio personal, esperará con paciencia, te permitirá limpiar sus patas y cepillarlo. También aceptará que le pongan en la cabeza un arnés llamado cabestro para guiarlo y se quedará quieto mientras le ponen una brida y una silla de montar. Si un poni muerde, patea o se encabrita, no es seguro para montar.

GÁNATE SU CONFIANZA

Los ponis salvajes confían en sus líderes y siguen lo que estos hacen, así que para ganarte el respeto de tu poni necesitas demostrar que eres un líder seguro. Pide ayuda a un cuidador que tenga experiencia con caballos o ponis. Una vez que tu poni reconozca que eres el jefe, no dejes que se salga con la suya por mal comportamiento, pero nunca pierdas los estribos o lastimes a un poni al entrenarlo. No solo es cruel: los ponis son fuertes y pueden defenderse.

ATRAPAR A TU PONI

Los ponis pueden ser difíciles de atrapar. Si están ocupados pastando, no siempre quieren ser interrumpidos. Intenta acercarte a tu poni por un lado y háblale. Luego ofrécele una golosina o ráscalo en su lugar favorito y retrocede para que no siempre asocie el ser atrapado con algo desagradable. Si llevas un cabestro, escóndelo detrás de tu espalda. Aunque estés molesto con tu poni, nunca debes demostrarlo cuando finalmente lo atrapes.

LEVANTAR UNA PATA

Si tu poni está bien entrenado, debería estar acostumbrado a levantar sus patas para su limpieza y recorte. Es mejor tener a alguien que sostenga al poni y lo mantenga calmado mientras haces esto. Párate a un lado y acaricia su hombro o el lomo para que sepa que estás ahí, luego pasa tu mano por la parte posterior de la pata. Cuando llegues a la articulación del espolón, apóyate suavemente en un lado del poni y levántale la pata. Nunca te pares donde te pueda patear. Recuerda, los ponis pueden patear hacia adelante y hacia atrás.

LA MASCOTA HABLA

Puede que tengas que enseñarme algo hasta sesenta veces antes de que lo aprenda. ¡Por favor, que las lecciones sean cortas y divertidas!

DIVERSIÓN Y JUEGOS

CÓMO ENTRETENER A TU PONI

¡Una de las principales razones para adoptar a un poni es trabajar en equipo y divertirse juntos! Participar en los juegos es bueno para crear lazos afectivos y evitar que tu poni se aburra.

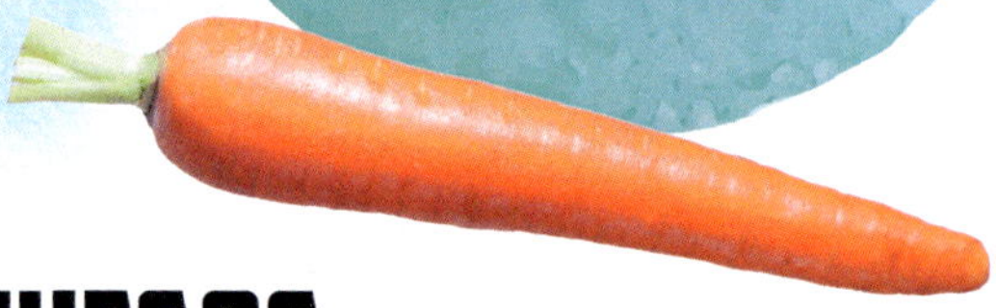

JUEGOS PONITÁSTICOS

Estos son algunos juegos que puedes jugar solamente con tu poni, o reunirte con tus amigos y competir contra ellos. Prepara tu ruedo primero y asegúrate de tener espacio para girar con seguridad.

Carrera de rodear los postes: Coloca cinco postes (o conos) en línea recta, a unos 23 pies (7 metros) de distancia. El poni y el jinete deben sortear los postes hasta el final de la línea, luego dar la vuelta y regresar. El que lo haga más rápido gana, pero hay una penalización de cinco segundos por cada poste tocado.

Carrera de papas: Coloca un barril para cada jinete al final del recorrido. Pon dos papas en cada barril. Los jinetes deben galopar para recoger una papa a la vez, y luego la colocarán en su balde en la línea de salida. El ganador será el primer jinete en meter las dos papas en su balde.

HAZ UN JUGUETE PARA EL PONI

Enjuaga un galón de leche y haz unos agujeros en un lado que sean un poco más grandes que las golosinas de tu poni. Pon algunas golosinas en el recipiente y tápalo de nuevo. Tu poni se divertirá mucho jugando con el recipiente y tratando de hacer que se caigan las golosinas.

HAZ TUS PROPIAS GOLOSINAS PARA PONIS

Estas golosinas caseras están hechas con todas las comidas favoritas de tu poni. Puedes experimentar con tus propios ingredientes, pero nunca le des a tu poni chocolate, jarabe de arce, ruibarbo o leche.

Ingredientes:
1 manzana rallada (sin semillas)
2 zanahorias ralladas
1/4 de taza (60 ml) de melaza
2 cucharadas (30 ml) de aceite vegetal
1 taza (240 ml) de harina de trigo integral
1 taza (240 ml) de avena
1 cucharadita (5 ml) de sal

Precalienta el horno a 350°F (180°C).

Mezcla la manzana, las zanahorias, la melaza y el aceite en un tazón grande, luego agrega la harina, la avena y la sal. Mezcla todo y haz bolas pequeñas. Forra una bandeja de hornear con papel encerado y hornea las golosinas durante unos 20 minutos hasta que se doren.

Carrera con huevo y cuchara: Los jinetes equilibran un huevo en una cuchara y la sostendrán a un lado mientras alguien instruye a los jinetes para que hagan diferentes movimientos. El último jinete que aún mantenga el huevo en la cuchara, gana.

LA MASCOTA HABLA

Necesito estar ocupado, de lo contrario me divertiré yo mismo, ¡y puede que eso no te guste!

CUESTIONARIO SOBRE PONIS

A estas alturas ya deberías saber muchas cosas sobre ponis. Pon a prueba tus conocimientos respondiendo a estas preguntas:

1 ¿Qué es la cruz de un poni?

a. El área alrededor de la cola
b. La cresta ósea entre los omóplatos de un poni
c. La articulación encima del casco

2 ¿Dónde encontrarías la ranilla de un poni?

a. En las patas
b. En el lomo
c. En la cabeza

3 ¿Cuál es el tamaño máximo de un poni?

a. 12.6 manos
b. 15 manos
c. 14.2 manos

4 ¿Qué tiene de especial un poni Shetland?

a. Es muy pequeño
b. Tiene la piel rosada
c. No es muy inteligente

5 ¿Qué planta es venenosa para los ponis?

a. Hierba de Santiago
b. Dedalera
c. Ambas

6 **¿Qué significa cuando un poni tiene las orejas pegadas al cuello?**

a. Está molesto
b. Está relajado
c. Está feliz

7 **¿Qué parte del cuerpo se ve afectada si a un poni le da laminitis?**

a. Cola
b. Cascos
c. Estómago

8 **¿Con qué frecuencia debes revisar las patas de tu poni?**

a. Una vez por semana
b. Cuando empiece a cojear
c. Todos los días

9 **¿Dónde deberías pararte para cepillar a tu poni o limpiarle las patas?**

a. A un lado
b. Detrás de él
c. Delante de él

10 **¿Qué puede estar mal si tu poni se revuelca y patea su estómago?**

a. Puede tener gusanos
b. Puede tener gurma
c. Puede tener un cólico

RESPUESTAS DEL CUESTIONARIO

1 **¿Qué es la cruz de un poni?**

b. La cresta ósea entre los omóplatos de un poni

2 **¿Dónde encontrarías la ranilla de un poni?**

a. En las patas

3 **¿Cuál es el tamaño máximo de un poni?**

c. 14.2 manos

4 **¿Qué tiene de especial un poni Shetland?**

a. Es muy pequeño

5 **¿Qué planta es venenosa para los ponis?**

c. Ambas

6 **¿Qué significa cuando un poni tiene las orejas pegadas al cuello?**

a. Está molesto

7 **¿Qué parte del cuerpo se ve afectada si a un poni le da laminitis?**

b. Cascos

8 **¿Con qué frecuencia debes revisar las patas de tu poni?**

c. Todos los días

9 **¿Dónde debes pararte para cepillar a tu poni o limpiarle las patas?**

a. A un lado

10 **¿Qué puede estar mal si tu poni se revuelca y patea su estómago?**

c. Puede tener un cólico

APRENDE MÁS

LIBROS

MacAulay, Kelley y Bobbie Kalman. *Ponies.* Crabtree Publishing, 2005.

Marsh, Laura. *National Geographic Readers: Ponies.* National Geographic Children's Books, 2011.

Ransford, Sandy. *Horse and Pony Factfile.* Kingfisher, 2006.

GLOSARIO

abscesos: hinchazones dolorosas en la piel, llenas de pus, generalmente causadas por una infección

amoníaco: gas de fuerte olor que se produce cuando la orina reacciona con las bacterias

arreos: equipos utilizados para montar o guiar a un poni, como sillas de montar y bridas

articulación: punto de unión entre dos huesos para permitir el movimiento

bacterias: seres vivos microscópicos que se encuentran en todas partes

casco: cobertura gruesa en forma de cuerno que cubre la pata de un poni

cepillo estilo dandy: cepillo de cerdas duras usado en ponis con pelajes muy gruesos

cojera: tener problemas para caminar normalmente

compostaje: fertilizante para las plantas hecho con materia podrida

depredadores: animales que cazan otros animales

digieren: cuando la comida está en el proceso de descomposición y de absorción en el cuerpo de quien la ingiere

doma: entrenamiento de un poni para realizar una serie de movimientos

ecológicas: que no son perjudiciales para el medio ambiente

estiércol: excremento de animal que sirve para abonar la tierra

herrador: alguien que recorta los cascos de los ponis y les pone herraduras

herraduras: hierros semicirculares que se colocan en los cascos o en las pezuñas para que no se les maltraten con el piso

herraje: proceso durante el cual se colocan herraduras, generalmente de metal, en las patas de un poni

manada: grupo de animales que viajan juntos

pastar: cuando los animales vagan y comen lo que encuentran, como el pasto

peine de curry: peine con dientes cortos que se utiliza para llevar la suciedad a la superficie del pelaje de un poni

potrero: área cerrada donde los animales pueden vagar

raza: grupo de seres vivos con antepasados comunes

resistentes: capaces de soportar dificultades

seguro: acuerdo pagado por una persona a una compañía que promete pagarle dinero si pierde su propiedad o esta sufre un daño

vacunas: inyección para proteger contra la enfermedad

ventilado: lugar donde entra aire fresco

ÍNDICE ANALÍTICO